Les Petites Histoires de Léna

# Rosette et Fanon

Léna Basoff
Illustrations : Claire Molle

Rosette est une petite crevette, qui vit dans l'étang de l'Or, en Camargue. Elle s'ennuie un peu à force de se promener sur le sable à travers les filets des pêcheurs.

Rosette voudrait bien varier ses menus mais ne sait comment changer de nourriture...
Elle voudrait aussi connaître d'autres paysages, mais comment aller loin avec de si petites pattes.

Perchée sur une palourde, Rosette rêvait à tout cela, lorsqu'un bruit assourdissant la fait sursauter. L'étang de l'Or, si peu profond se troublait et débordait, inondant la montagne de sel.

A cause de sa grande taille, Fanon un bébé baleineau, venait de s'échouer. Il se débattait, frétillait de la queue et actionnait très fort, ses jets d'eau.

Lentement, timidement, Rosette s'approchait de cet inconnu tout en lui criant de repartir sinon, il ne pourrait plus respirer.

Fanon expliquait :
«A cause des bateaux, mon radar est déréglé. J'ai quitté ma route habituelle et je me suis perdu».

Fanon implorait :
«Petite Rosette, sois gentille de me conduire vers la grande mer».
Tout à coup, Rosette comprenait qu'une occasion de réaliser son rêve, se présentait...

«J'accepte de te montrer le chemin à condition que tu m'emmènes visiter ton pays».

«D'accord Rosette, vite, vite, agrippe-toi fort et partons. J'étouffe ici».
Bien guidé, Fanon plonge dans l'eau fraîche et profonde du golf du Lion.

Rosette collée à l'oreille de Fanon lui explique qu'elle goûte à toutes les sortes de plancton. Elle découvre aussi de merveilles fleurs marines.

ISBN : 2-914356-20-X
Achevé d'imprimer sur les presses de l'Imprimerie Beauvoir en Septembre 2003